KB269168

풀꽃은 자기 이름도 모릅니다

풀꽃은 자기 이름도 모릅니다

시(詩)와 모래조각의 만남

윤덕숙 시집

책만드는집

시인의 노래

도무지 알 수 없구나

꽃 피고

새 울어도……

풀꽃은 자기 이름도 모릅니다

시(詩)와 모래조각의 만남

풀꽃은 자기 이름도 모릅니다

시(詩)와 모래조각의 만남

가을

…… 이젠 점점 세상에 미칠 일이 줄어들고

달빛 밟고 징검다리 위를

톡톡 가을이 건너오고 있다

누가 보았는가?

내년이면 다시 오리라는

여름의 그 뜨거운 눈빛을—

약속도 없이

바람 속에

하늘을 어루만지고 핀 코스모스는

이제

가을의 꽃이 되지 못한 지 오래다

내 마음속의 믿음이

내 마음속의 소망이

내 마음속의 사랑이

종종 제 땅을 떠나지 않도록

두 손을

시퍼런 하늘에다 깊숙이 묻는다

따뜻하게 기다리지 못했던 세상과

단풍나무 숲에서조차 사랑하지 못했던

부정직을 안고

거푸 뒤척이는 마음 길을 따라

하분하분 걸어간다

19

응급실

목련이 막
피기
시작할 무렵

죽고 사는
다급한 나라에

세 번씩이나
실려 와서

삶을 확인하는
공포를
겪어야만 했다

왔던 길을
돌아오고서도

맘엔
그렁그렁 눈물 고이고

절로
벙긋벙긋 떨어져 내린다

비

빗소리가 너무 좋다

막사발 같은 하늘에서

땅속 깊이 날기 위해

정직을 지닌 채 사이좋게 쏟아지는

빗방울이 참으로 좋다

산천초목이

반갑게 이야기하며

시름을 견디게 하는 소리가

날 듯이 좋다

모래조각에 대하여

젖은 눈으로 꿈을 꾼다

내 몸은 모래불

무지(無地)의 옷 입고

너울지는

바다를 세운다

켜켜이

애달고

살 달아

마침내

기다리던 이를 만나

행복했나니

젖음 다하여

허기 마감하면

사랑하는 이여,

허대지 않고 스르르르

자신으로 돌아가리라

풀꽃은 자기 이름도 모릅니다

물속을 아무리 들여다봐도
어둠에 이르지 않고선
별 무리를 볼 수 없듯이

때죽나무 사이로 떠다니는
민들레 홀씨에도
사랑의 역사가 있습니다

삶은
살아 있기에 삶이듯이

사람과 풀꽃이
결코
다르지 않음을 알았을 때

나는 나의 이름을
잠시
잊었습니다

참말로
풀꽃은
자기 이름도 모릅니다

예찬

줄장미 돌담 따라 예쁘게 핀 길에

콩콩 돋아나는 빠알간 가슴

바람 불어도 지지 않는

참한 사랑 해보고 싶어라

문 밖에서

아름답기가

어디 그리 쉬운가

한 길을 향해

타박내처럼 걷기가

어디 그리 쉬운가

이젠

가본 길과

넘보지 못한 길도

구분함에서 물러나야 할

때

하늘엔

말없음이 총총 쏟아지고

내 안엔

새 생명이 꿈틀거리나니

사랑하라

사랑하라

죽도록

사랑하라

들꽃

아픔 없이 이루어지는 것은 없을 테지만

보는 이 없는 외진 곳에

저 홀로 피고 지는 꽃이 있기에

우리는 외롭지 않습니다

부끄러울 수 없는 얼굴과

연약한 의지를 바람에 기댄 채

순한 모습으로 견디는

친구가 있기에 편안합니다

상처받기 두려워

일정한 거리로 살아가는 사람에 비하면

드문드문 핀 들꽃엔 향기가 있습니다

쉽게 화내지 않는 선함이 있습니다

자신을 다스릴 줄 알고

처마도리 하다 남몰래 떠날 줄 알기에

지친 어깨를 쓰다듬는 설득력이 있습니다

어느 날, 게으름으로 고단할 때

우주와 만나고 섞이는

들꽃을 보러 가십시오

가슴 한켠 불씨로 남아 있는

사랑을 만나러 가십시오

흐르는 물처럼 쉽지 않음을 알지만

바위 같은 변하지 않음과

제자릴 지킬 줄 아는

지혜를 배우러 가십시오

탱자나무

가시 없는 것들을 위해

울타리로 앉아서

한여름을 노오랗게 물들였나니

너무 많은 것을 지키라 아니하시면

순전한 내음으로 제 길 찾아

보는 이 없는 지킴터

낱낱이 펴드리리다

구름

너 혼자

바람에 쫓기며 산다고

투덜거리지 마라

산안개 낮달 찾아나서고

수선스럽게 일군

꽃밭이 깨어나면

쫓기며 사는 게

너만 아님을

언제나 알게 될꼬

축복의 길

흔들어보거라
밑동에 손을 대고
힘껏 흔들어보거라

온밤
뿌리에 머금은
하늘의 온기가
몸 깊숙이 숨지 못하도록
허투루 흔들지 말고
제대로 흔들어보거라

정은 가난에 깃들고
사랑은 빈 곳에 자람을 아나니

젖은 잎새

근근히 마르도록

마구 흔들어보거라

플라타너스 연가

바람에게
사진을 찍히고 있는
플라타너스

읍 소재지 영화관에서
오후의 일정한 시간이 되면
스피커에서
어김없이 살아나던
유행가 노랫소리가
언뜻 그리워지고

폐병이 만연하던 시절
우리의 오빠들과 언니들은
연애에서나
직장을 가지기 위해서나
가슴을 오래 앓았던 때를

어렵지 않게 떠올리며

왠지

플라타너스 잎만 보면

고향과

유년 시절을 쓰다듬으며

따뜻해진다

고향은 왜

늘

플라타너스 가지에 앉아

까치처럼

깍깍거리는지

나는 또 그 고향을 보며

저분저분 삶에 앉아

깍깍거리는지

그대여, 예닐곱 먼 시절은

새벽녘

고됨을 감춘

어부가에 털려 떨어지는

멸치 떼처럼

그물 안에서

생생히 파닥였나니

그대가 있는 곳에

깊어지면

흐르는 물도

소리가 덜하고

사람도

깊어지면

말수가 줄어든다

생각하니

이 땅에서

여태껏

내 힘으로만

산 것이 아님을

보이지 않는

마음이 깨어나

살포시 일러주네

순간의 순간

'하나님이

우리에게

준

가장

큰 선물은

언젠가는

죽는다는

사실입니다' 라고

에너 퀸들런은

말한다

그런가?

그렇다면

그날을 기쁘게

기다리며

행복해지는 법을

배우기 위해

무의식의 잔을

들어야겠다

거듭나는

여정을 위하여!

생명수

기도한다는 것은

가슴에 꽃 한 송이 키우는 일이다

사랑으로 목이 탈 때나

사람 곁에서 정작 마음 힘든 날

흐르는 물엔 미움을 새겨보고

바위엔 연민을 새겨볼 일이다

그리하여

갈바람으로

길섶의 이슬이 되는 게지

기도한다는 것은

가슴에 꽃 한 송이 키우는 일이다

시(詩)와 야생마

땡볕이 아스팔트를 뜨겁게

달구는

도심의 한복판에 서면

시(詩)가 쓰고 싶어진다

휘적휘적 걷는

사람들에게서나

살판난

사람들에게서나

이모저모로 넓은

길을 향해 가는

군상들을 보면

단내 머금은

시(詩)가 배어나온다

시(詩)를 건드리지 못하는

사람이 많을수록

시(詩)는 야생마가 되어

불근불근

말밥［言語］을 우물거린다

타고난 야성으로

마렵을 휘날리며

시(詩)를 알지 못하는 사람들의

따뜻한 가슴에 안긴다

추억이 머문 자리

난 알게 되었습니다

세찬 바람이 불면

바람 따라

몸을 뉘는 법을─

하나

처음부터

순응하며

전부를

맡긴 게 아니었습니다

청대 같은 비가 퍼붓고

번개가

번개처럼

내리꽂히던 날

여린 피부가 견디지 못하고

한 손을 놓던 날

싫지만 난 알게 되었습니다

사는 날 동안

나무의 열병을 앓으며

바람의 가슴을 오래도록

읽으면 된다는 것을

죽성 황학대(竹城 黃鶴臺)에서

황학대에 올라보니

갈매기 갯바위에 자유로이 노닐고

하늘 인연으로

이곳에 왔는가

외로운 산(山)이기를 고집한

고산(孤山)의 마음이

유배지였던 바다에 떠도네

일곱 해를 먼 수평선에 재우고

해남으로 떠나던 날

하늘에게 무엇을 고했을까

사방 천지에 대고
어떻게 일렀을까

예나 지금이나
붉은 노을은 변함없건만

동백꽃 주저앉은 풀섶과
솔방울 무리져 누운 너럭바위엔
지친 학(鶴) 한 마리가
소리쳐 님을 부르고 있고녀

언덕 너머에는

언덕 너머에는
열린 무덤 같은 입에서 나오는
이브의 얘기들이 있다

아담의 후예들이여,
축복 있으라

무턱대고
내맡겨 버린
이브의 후예들로 인해

얼음 웃음으로
당혹스럼을 내색치 않는
그대들에게
축복 있으라

아서라, 아서
언덕 너머에는
한 마음 내려놓지 못한
아담과 이브의 얘기가 있다

송광사

오월의 송광사 냇물엔

붉은 단풍잎

떠가고

측백나무 사이에서

우연히

한 걸음을 조심하라는

소릴 듣습니다

터널이 되어가는

연초록 잎새들은

순하디순한 흙에 엎드려

나무새의

독경을 읊조리고

꿈속의 일인 양

애달프고

섭섭한 얼굴 하나

부처님 귀에 걸려

잠들어 있습니다

아빠와 크레파스

어린아이들의 그림 속에는

구름도

아침이 되면

기지개를 켜고

웃고 있다

날개보다 긴

새 다릴

늘어뜨리고

막

피어난 듯한

나뭇잎새에 주둥이를

들이밀고

해님의 얼굴에

앉아 있다

아이들의 바다 속 세계엔

초가집도 가라앉아 있고

우주인도 떠다닌다

그러나

정작

아빠는 보이지 않는다

두 눈을 반짝거려도

아빠란 생명체는

보이지 않는다

선암사

조계산 선암사 후원 뜰엔

자산홍 지고

온 곳으로 돌아간

꽃잎 곁엔

부처님의 인자한 미소가

돌담과

도란도란

사랑을 나누고 있었네

제행무상(諸行無常)

제법무아(諸法無我)

열반적정(涅槃寂靜)

눈(眼)과 눈(雪)

1

내 눈(眼)의 티끌을

느끼는 자만이

눈(眼)이 있어도

보지 못하고

귀가 있어도

듣지 못하는지

2

사람들은 말한다

눈은 곱게 쌓인다고—

아니다

눈은

몽실한 것의

결정체가 아니다

나와 남의 다름을 알고

섞임을 견딘 후

눈(雪)은 녹으며

비로소

지상의 고운

눈(雪)이 된다

질펵거리며

여무는

단순한 흙탕물이 된다

팔월의 등나무

늦더위에 앉은

매미가 사방치기하듯 요란하다

긴 활주로 같은 줄기로

작은 하늘을 떠받치고 앉아서

눈가에 눈물 마르지 않는 사람들의

쉼터가 되고

위로처가 되어

쉼쉼이

낙엽 한 잎 떨구어

산[生]날 일깨우는 등나무여!

삶과 주검

자고 있는 시계를
깨우기 위해
탁상시계를
손으로 잡고

건전지를
갈아 끼운 후
책상에
놓으려는 순간

그만
손에서 놓쳐
땅바닥에
굴러 떨어졌습니다

주워서

책상에 놓고

한참을 기다려도

시계는 먹통이었습니다

그러한데

그러한데 말입니다

나도 모르는

새

시계는

절로

상모(象毛)처럼

아무 일

없었다는 듯이

돌고

돌고

돌고 있었습니다

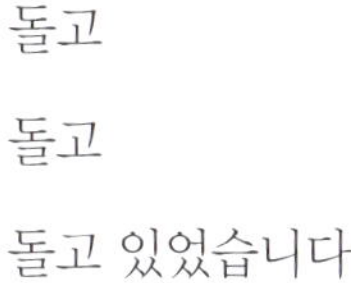

집착

기운 다하면

노력도 부질없는 것이 되듯이

고개 돌릴 수 없는 진리가

눈앞에 닿기 전

지는 꽃잎을 유심히 바라볼 일이다

삶이 제 소릴 내고

웃을 수 있도록

내 배를 따라

꽃잎을 띄울 일이다

거제도 장승포 1

태어나서부터

열다섯 해를 살던

고향을 떠나서

간혹

고향을 찾았을 때

차츰

작아지고

차츰

좁아지는 동네와 길이

하도 이상해서

나폴리 해안선 같다던

장승포 해안선 길을

몇 번씩 돌았던가?

등대는 여전히

제자리인데

매립으로 무너진

해안선은

살찐 허리의 중년 여인처럼

절망을 질러대고

낮아지고

작아진 집과 뒷골목을 걸으며

척척박사 아저씨와

술도가와

가난한 부자 이웃들과

오복이 아줌마를 부르며

여름 밤바다 속을 겁 없이

헤엄치던 아이들을

손짓했다

아아, 오직 한 사람

내 유년 시절에 살아 있는

삼돌이 아저씰 만나러

내일은

바다를 건너야겠다

거제도 장승포 2

바닷물이 빠져나간 갯벌엔

게 구멍도 많고

맛구멍도 많았지

게가 제 구멍을

나와서

제 구멍으로

돌아가는지도 모르면서

화살촉 같은 긴 쇠꼬챙이로

맛구멍에 무작정

맛의 정수리를 향해

깊숙이 꽂아

맛을 끌어올리던

여동생은

참으로 영특하고 예뻤다

개펄을 호미로 파고 앉아서
바지락 조개가 나올 때까지
호미를 쉴 새 없이 움직이던
예쁜 동생,

그러나
바지락이나 게, 맛 등엔
도무지 관심도 없이
제일 큰 바구니만 옆에 끼고
물놀이와 자리 바꿈에
지칠 줄 모르던
실속 없던 아이는

장년이 된 지금도

매화 향기를 찾아나서고

찔레꽃 들판을 헤매며

인생 바구니엔

구름만 담아 보듬고 있네

어버이날의 소박한 생각

방송과 신문
라디오에서는
무슨 날만 되면
온통
난리가 난다

오월의 등꽃처럼
고요히 피었다
고요히 지며
그
그늘 또한
얼마나 푸르고
시원하겠는가?

묏등 하나 없이

하늘로 간

부모님일지라도

아무렇게나

살지 않는

철 [知覺] 난 자식을

두셨는가?

자식들의 부모가 되었기에

아무렇게

살 수 없는데

목숨 건

부모가

되어 있는가?

남과 북

싫다, 마주보는 둘은

우리는 하나여야 한다

우리는 한 피로 열려 있고

놀라움이 우리 안에 있으며

절절한 가능성이 우리 안에 있다

통일로 향해

함께 걸을 수 있는 여분이 있기에

절망을 나누고

통일꽃을 등이 휘도록 가꿀

용기가 있다

싫다, 마주보는 둘은

우리는 하나여야 한다

고되고 고되어도

한 목숨이 되어야 한다

常平通寶
戶
二十

수초

물결에 스치는
견딤을 견디다 못해
저리
얄궂게 춤추는 법을
배웠는지도 모르지

말뚝잠으로
안간힘 쓰는 것이
세상에
한둘이던가?

사람이 사람끼리
상처 난 가슴을 비비는 데도
퍼질러앉아
운 세월이 얼마더냐!

물풀의 춤은

물섶에서

그냥 되는 게 아니다

쓰레기를 얹고

추는 춤도

그냥 되는 게 아니다

자화상

나도 모르는 나를
사랑해 주는
그대가 곁에 있다면
늘
춤추며 걷겠네

삼동(三冬)

삼동은
천지의 기막힌 사랑이다

거둘 것 거두고
잠재울 것 잠재워

들뜬 기운을 바로 세우는
충분한 가난이다

누구에게나 유독
물오른 겨울이 있을 테지만

자기로부터 너무 멀리
달아나지 말기를

울음 밖에서 서성이며

쉬운 길을 그리워하지 말기를

삼동은 사랑이다

천지의 기막힌 사랑이다

사람의 겨울 1

세상은 살수록 배울 것이 너무도 많은 배움터이다. 하루가 고단하고 매우면 매운 대로 그 삶에서 연기 오르는 마을을 그리워하기도 하고, 지난 사랑이 되기도 하면서 사람과 세상을 익혀가는가 보다.

며칠 전 집 근처에 있는 장산을 오르며 발가벗은 잡목이며 겨울 하늘이 가을 하늘 못지 않게 맑고 아름답다는 것을 보듬으며 온전한 자연을 선물로 받을 수 있었다. 산은 오래된 친구처럼 편하고 따뜻하다. 언제나 그 자리에 반듯이 앉아서 넉넉한 가슴으로 품어준다. 빈 가지에서 일렁이는 바람을 보여주며 온순한 사랑을 일깨워주기도 하고 산(山)골짜기에 울리는 개 짖는 소리마저 아름다운 음악이 될 수 있도록 귀를 열어주기도 한다.

산은 사귈수록 신비로운 연인이다. 가까이 할수록 멋진 인격이다. 나도 산처럼 너그러움이 되고 싶다. 그 너그러움으로 우주의 질서에 화답하며 삶이 소중한 놀이터가 될 수 있도록 부당한 길들임에서 벗어나고 싶다.

나이가 들수록 빈말의 공허함이 싫어지듯이, 허다한 관계 속에서 이제는 정녕 겨울 산처럼 묵묵히 내일을 준비하며 어디에 있든 산길 같은 사람이 되고 싶다.

나와 같이 겨울을 건너고 있는 이들이여! 딛고 선 땅이 차고 사람이 보이지 않을 때, 그 차가움을 일으켜 산을 향해 보자. 억척스레 달라붙던 상처와 미움과 원망이 산새 울음소리에 형편없이 무너지는 것을 느낄 것이다. 그리고 곰바위 같은 무지덩어리가 자신이었음을 알게 될 것이다. 무난한 겨울은 절로 오고 가는 것이 아니기에.

사람의 겨울 2

사랑함으로
나는 내게 용서받는 것이다

기다림으로
나는 내게 돌아가는 것이다

어떤 말로도
겨울을 다스릴 수 없거든

힘을 잃은 자유가
어찌 오는지 바라볼 일이다

사랑함으로

나는 내게 용서받는 것이다

기다림으로

나는 내게 돌아가는 것이다

봄날에

다사로움이 오고 있습니다
아장걸음을
시작한 아기부터
걸음에 익숙한 이들까지
삼동이 떨어져나간 표정들이
한층
가벼워보입니다
보도블록 틈새
대책 없이 누운 민들레나
길 한복판에 던져진 돌멩이도
봄의 향연으로 춤추는 듯합니다

어떻게든 살피고

아껴

촘촘히 살아 견디는 소리들……

깨알 만한 흙에서

꽃을 피운

노오란 민들레꽃을 보면

눈에서

눈물 핍니다

단상(斷想)

언제나 나는 자연이 되어

저 멀리

길 건너오는 봄이 서럽지 않도록

드러난 가슴을 단단히

묻을 수 있을까

위선과 게으름이

걷히기 위해선

부끄럼에서도

향기가 피어날 수 있도록

언제나 무섭도록 숨죽일 수 있을까

기꺼워한다는 것은

낯선 땅에

울음을 심는 것

참으로

단 한 줄의 시(詩)가 되기 위해선

근사한 기다림이 돌아서지 못하도록

어찌하면 강물처럼

내내 흐를 수 있을까

3월이 오면

3월이 오면
꽃가슴에
그늘진 넋이 깃든다
잎 돋기 전 핀
매화꽃의 향기는
오래 전
하늘로 간
유관순의 타는 마음인가

3월이 오면
궁금한 독립에
목이 메인다
3·1운동의 만세 소리만큼

힘 있는 나라를
3·1운동의 만세 소리만큼

나눔의 뜨거운 마음들을
목이 쉬도록
외치고 싶어진다

3월이 오면
한 넋을 위로하며
꽃 피는 자리에서
내내
미완의 노래를
부르고 싶어진다
아픔밭이 겨웁도록
부르고 싶어진다

바다

깨어 있어라

죽어가는 것들을 위해 버둥거려

심해로 흐르는

소중한 생명의 빛을 노래하라

문명화 된 인간의 기지로

바다는

생각조차 닐 수 없는 곳이 되어버렸고

많은

물고기와 해초는

바라는 곳을 떠났다

하아, 소금기 죽은 바다로부터

어찌 생명을 기댈 수 있겠는가

보아라,

바닥 뒹굴어 적조의 고름 뽑는

상처의 고통을 보아라

어젯밤 마음을 다쳤던 어린 물고기가

삶이라고 부르는 순간까지

거듭된 잘못은

죽음을 통해서만 확인될지니

원시적인 생명력 잃기까지

깨어 있어라, 기적의 바다여!

해운대 장산에 내리는 빛여울

장산 갈참나무 사이로 흐르는
양운폭포(養雲瀑布)의 거침없는 물살은
옛적 장산국 사람들의
기상을 지녔는가

고단한 삶이거든
가뭄을 모르는 장산계곡에서
마음을 더듬어보라

산비알 돌탑에
소박한 꿈을 얹어보라

아아, 산이 산을 품고
사람이 사람을 품듯이
흰 날을 품고
장산의 하늘 사다리를 올라보라

이야말로

성산에 핀

억새꽃이 되는 일이요

붉나무가 되는 일이요

편안한 자연이 되는 것일지니

해바른 오늘

살아서 정녕 살아서

한 얼로 장산국을 노래하여 보라

노을을 바라보며

엉덩이를 걸친 해가
피다 만 이삭으로 떨어진다
사는 것이
개울을 개헤엄쳐 가는
일인 양
지는 날은
스물네 마리의 물고기로
유영하고 있다

산이

저문 들녘에서

배꽃같이 쏟아진다

별이 없는 밤은

가난하듯이

들길이나

빌딩 숲에서나

잠시

빛에 몸을 얹지 못한

하루는

텃밭에서 끊어진

길처럼

어이없다

구름이

발갛게 타고 있다

목숨은

무논에 솟은 피처럼

하루하루를 손질 당하는 것

보라,

석양은 떠오르기 위해

서산을 넘는 것이다

광고

흰 고무신에 검정 나이키 마크가 찍힌
광고가 헤실헤실 떠다닌다

누구도 책임지지 못하는
세상에 살고 있으면서도

그대를 책임지고
내일을 책임지겠다는

오만을 보라

잊혀진 이웃만큼이나
뻔뻔한 당당함이

헐헐한 사람 앞에서 히죽거린다

아 글쎄, 내일은
또다시 광고의 기적이
시작되는 날

이 세상의 딸과 아들들에게

빗소리를 듣고도
우산을 준비하지 못하고
하이얀 길을 찾아가야 할
너희들을 생각하면
이 세상 어미들 가슴은
젖은 들판이 된다

거친 세파를 겨우겨우 헤엄쳐 온
세상의 선배로서
그다지 해줄 말도 적절치 못하고—

북풍 속에서도

휘어질지언정 꿈은 단단한 것만큼

부러지지 않는다는 것을 말할까

낙천성을 길러

아무리 험한 길에 서서도

난초 향 같은

향을 피워 올리라고 말할까

감정을 초월한 진정한 사랑이란

인간에겐 너무도 멀고

긴 세월이란 것을

애태우며 말할까

아니지, 아니야

마음의 무게만큼 신실히 엎드려

하나님과

세상과 사람을 노래하라고 말하리라

홀로 중얼거림

태풍 매미호가 온다고 거센 비바람이 휘몰아치고 있다

이런 날엔 나방도 날지 않고

심하게 덜컹거리는 창문 틈새로

쭉정이 추석이 숨어들고

아파트 단지엔 개 소리조차 없다

깨금발로 작은 심지

돋우고

원하는 길을

절실히 바라다본다

생명이 있는 한

달음박질할 일은

어떻게 원하며 사느냐 하는 것일까

시라는 작업도

이 한 물음을 끝없이 요구한다

삶에 욕심이 깡그리 없다면

이리저리 마음 쓸 필요도 없겠지만

욕심을 잘 알아갈수록

설설 달래며 사는 수밖에—

오늘도

언뜻언뜻 내비치는 이 천박함으로

*비아 돌로로사를 그리워할 건가

*비아 돌로로사 : 예수가 십자가를 지고 걸어간 길.

거듭남을 준비하는 이들에게

홀로 앉은 시간만큼
자유로울 수 있어요

간밤에 혹여
무슨 일 있었나요

의미란 간단하고
명료해요

모든 이의 뒷모습이
바로 나라는 것을

믿음은 그 뒷모습의
그림자와 같아요

언제나 일상에
생명과 충만함을 주시는 분은

오직 한 분
이제부터 시작이에요

풀꽃은 자기 이름도 모릅니다

초판 1쇄 | 2003년 11월 6일
지은이 | 윤덕숙
펴낸이 | 김영재
펴낸곳 | 책만드는집

주소 | 서울 마포구 합정동 428-49 4층 (121-886)
전화 | 3142-1585 · 6
팩시밀리 | 336-8908
E-mail | chaekjip@chol.com
등록 | 1994. 1. 13. 제10-927호
ⓒ 윤덕숙, 2003

ISBN 89-7944-179-7 (03810)